Adeline Brault

Nous, les **enfants** de 1982

De la naissance à l'âge adulte

Éditions Wartberg

Mentions légales

Crédits photographiques :

Archives personnelles, p. 4-5, 7-9, 11, 13, 15-20, 22-30, 32-33, 35, 38, 40, 43, 45h, 47h, 49h, 51-53, 55, 58b, 61.
D. R., p. 31, 58h, 63.
© Bayard Jeunesse, *J'Aime Lire* numéro 120, p. 37.
© Picture-alliance / dpa, p. 10, 50 ; Picture-alliance / Mary Evans Picture Library, p. 45b ; Picture-alliance / Photoshot, p. 57 ; Picture-alliance / Offside, p. 59.
© Ullstein bild, p. 12 ; Ullstein bild – Jazz Archiv, p. 6 ; Ullstein bild – CINETEXT, p. 14 ; Ullstein bild – united archives / 90061, p. 42, 56 ; Ullstein bild – dpa, p. 44, 46 ; Ullstein bild – Uselmann, p. 48 ;Ullstein bild – globalmoments, p. 62.
© Colette Masson / Roger-Viollet, p. 34 ; DoD / Roger-Viollet, p. 36h ; Jean-Paul Guilloteau / Roger-Viollet, p. 36b, 47b ; Jean-Pierre Couderc / Roger-Viollet, p. 49b.

Nous remercions tous les ayants droit pour leur aimable autorisation de reproduction. Dans le cas où l'un d'eux n'aurait pu être joint, une provision de droits est prévue.

5e édition, 2012

40, rue de l'Échiquier
75010 Paris

Un département de Wartberg Verlag GmbH & Co. KG.
Im Wiesental 1
34281 Gudensberg-Gleichen
Allemagne

Conception graphique : Ravenstein & partenaires, Verden.
Imprimé en Allemagne sur les presses de Thiele & Schwarz, Kassel.

ISBN : 978-3-8313-2582-5

Préface

Chers enfants de 1982,

Être né en 1982, cela a-t-il une signification particulière ? Excepté le fait que nous avons fêté notre majorité en l'an 2000, pouvons-nous revendiquer une quelconque singularité ? Un « truc en plus » faisant de nous les enfants d'un temps qui n'appartiendrait qu'à nous ? Que nous sommes-nous approprié ? Quelles musiques, quelles modes, quels visages et quelles voies nous ramènent immédiatement en arrière ? Toutes ces choses avec lesquelles nous avons grandi et qui, bon an mal an, se rappellent de temps à temps à nous...

Qu'on le veuille ou non, nous sommes d'abord les enfants du socialisme et des deux mandats successifs de François Mitterrand. Nous ne sommes pas tout à fait des « *Digital natives* », mais nous n'en sommes pas très loin. Avec pour modèle Les Nuls, notre humour a rapidement viré au noir. Nous étions déjà lycéens lorsque des téléphones portables de forme cubique – plus proches de la cabine téléphonique que du mobile – ont pris place dans nos sacs à dos et autres sacoches estampillées « US ». Du fluo LC Waikiki, nous sommes passés aux basiques de Gap, sans oublier les styles grunge, skateur ou néo-hippie. Nous avons échangé plus de francs que d'euros, nous avons joué avec les toutes premières Game Boy et nous savons tous où nous nous trouvions lorsque les Bleus ont battu le Brésil, en juillet 1998. Notre éducation sexuelle s'est faite au gré de l'évolution de l'épidémie du sida, et nous avons abordé la sexualité avec le sentiment d'un danger constant.

Compiler toutes ces années n'est pas chose facile. Parce que chacun de nous donnera une couleur différente à cette époque, parce que, bien souvent, on est seul à se souvenir d'un détail, il faudrait faire collaborer les quelque 800 000 personnes nées en 1982 pour trouver les mots justes...

Adeline Brault

Adeline Brault

1982-1984

Nos premières années

Faire connaissance avec le monde, les bavoirs qui nous étranglent et les moufles *oversize*.

1982, une année riche en événements

Je suis née le jeudi 16 septembre 1982, le jour où les massacres de Sabra et Chatila ont commencé. Je n'ai que quinze jours quand Helmut Kohl devient chancelier de RFA, et un mois de plus lorsque Michael Jackson sort ce qui deviendra l'un des plus grands albums du XXe siècle, *Thriller*.

Nous, les enfants de 1982, nous naissons l'année où Margaret Thatcher sort victorieuse de la guerre des Malouines, où Grace Kelly disparaît, où

Chronologie

12 janvier 1982
Le gouvernement français adopte la semaine de travail de 39 heures.

24 février 1982
Naissance du premier bébé éprouvette français, Amandine.

4 juin 1982
Présentation du Minitel.

21 juin 1982
Première édition française de la fête de la Musique.

11 juillet 1982
L'Italie remporte la finale de la Coupe du monde de football.

4 août 1982
En France, suppression des législations antihomosexuelles.

1er décembre 1982
Sortie française de *E.T. l'extra-terrestre*.

24 février 1983
Sortie des premières Peugeot 205.

28 février 1983
Lancement du lecteur à laser et du disque numérique.

25 mai 1983
La revue américaine *Science* publie un article sur la découverte, par des chercheurs français, du virus VIH.

5 juin 1983
Yannick Noah remporte le tournoi de Roland-Garros.

3 octobre 1983
Première diffusion sur Antenne 2 de « Téléchat ».

24 janvier 1984
Apple lance le Macintosh.

16 octobre 1984
Le corps de Grégory Villemin est découvert dans la Vologne.

21 octobre 1984
Mort de François Truffaut.

12 décembre 1984
Sortie française de *S.O.S. Fantômes*.

31 décembre 1984
Les États-Unis se retirent de l'Unesco.

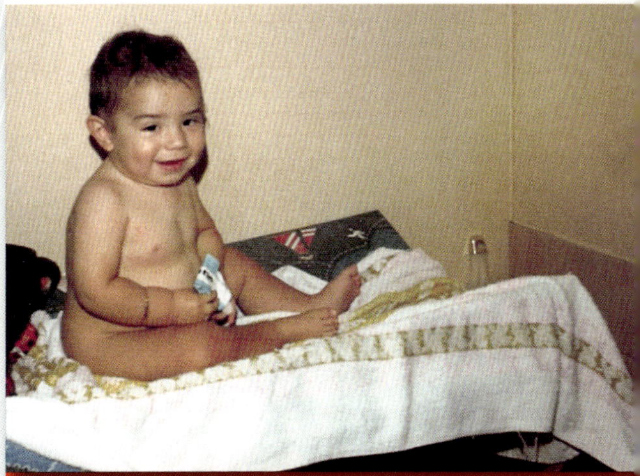

Un bébé potelé à la sortie du bain. Tout va bien.

l'Italie est sacrée championne du monde de football et où Steven Spielberg présente *E.T. l'extra-terrestre*, lors de la trente-cinquième édition du festival de Cannes. Nous naissons dans une France où la peine de mort n'existe plus, où l'Assemblée nationale a supprimé le délit d'homosexualité du code pénal, où la durée légale du travail est passée à 39 heures hebdomadaires et l'âge du départ à la retraite à 60 ans, où tous les Français sont encore sous le choc des attentats de la rue Marbeuf et de la rue des Rosiers.

Bien sûr, aucun bébé de l'époque n'en a conscience, mais naître en 1982 veut dire naître au tout début du premier mandat de François Mitterrand : nous grandirons sous le socialisme, ce qui nous conditionnera, dans un sens ou dans un autre, et sans que l'on sache exactement pourquoi.

C'est aussi durant l'été 1982 qu'est apparu le sigle « Aids » ou « sida » (syndrome d'immunodéficience acquise), désignant une épidémie qui sévit depuis la fin des années 1970. Personne ne se doute alors qu'il s'agit de l'une des plus grandes catastrophes sanitaires du XXe siècle. Nous sommes pourtant à l'aube de ce que l'on appellera « les années sida ». Car naître en 1982, c'est aussi naître avec cette maladie comme une épée de Damoclès au-dessus de la tête.

The Cure aime le cheveu.

Les albums sortis en 1982

En France, Indochine sort son premier album studio, L'Aventurier. *Le single éponyme dans lequel « Le guerrier s'appelle Bob Morane » place les frères Sirkis en tête des ventes. Et si la new wave française en est à ses débuts, le rock de Téléphone entre dans la maturité avec leur quatrième album,* Dure limite. *La chanson « Cendrillon », écrite par Louis Bertignac, revisite le conte de Perrault et rencontre un formidable succès. Outre-manche, The Cure sort aussi son quatrième opus,* Pornography, *lequel s'installe immédiatement dans le Top 10 britannique. Robert Smith et ses comparses l'ignorent, mais ils sont en train de devenir les précurseurs du rock gothique. En Angleterre toujours, Dire Straits livre avec* Love over Gold *l'un de ses meilleurs albums. L'auteur, compositeur, chanteur et guitariste Mark Knopfler a peut-être remercié son frère David, cela n'entache pas le succès du groupe.*

Mais il faut traverser l'Atlantique pour voir naître un mythe. Michael Jackson et son Thriller *révolutionnent un genre et le clip vidéo. Le single « The Girl is Mine » – en collaboration avec une autre légende, Paul McCartney – n'est que le premier d'une longue série de tubes. « Beat It », « Billie Jean » et bien sûr « Thriller » vont faire de Michael Jackson «* The king of pop *». Il n'est alors âgé que de 24 ans, mais on le considère déjà comme un génie. Ses clips sont diffusés sur la chaîne MTV, pourtant connue pour son racisme, et en février 1984,* Thriller *entre dans le* Livre Guinness des records *comme l'album le plus vendu au monde.*

L'arrivée à la maison

Alors qu'elle n'a reçu aucune pression pour le faire, ma mère a arrêté de fumer durant sa grossesse. La lutte contre le tabagisme passif n'est pourtant pas la priorité des pouvoirs publics, et aucune campagne de prévention n'incite l'entourage des futures et jeunes mamans à protéger leur bébé de la fumée de cigarette. La loi Évin n'existe pas encore, les transports et autres lieux publics ne sont pas non fumeurs.

La médecine obstétrique a déjà fait de grands progrès et le taux de mortalité infantile a beaucoup baissé en Europe de l'Ouest. Alors que Céline, Émilie et Aurélie sont les trois prénoms les plus donnés aux filles à l'époque – contre Nicolas, Sébastien et Julien pour les garçons –, mes parents votent pour Adeline.

Nous passons cinq jours à la maternité, puis mon père vient nous chercher dans sa 2CV jaune. Agrandissement de la famille oblige, mes parents ont troqué leur F2 en rez-de-chaussée pour un F4 au premier. Ma mère ne panique pas : elle est déjà passée par là. En vraie femme de son temps, elle m'allaite sans en faire une priorité – deux mois et demi suffisent –, reprend ensuite la cigarette et n'est absolument pas disposée à arrêter de travailler. Elle va jusqu'au bout des six semaines qui lui restent de son congé maternité et ne s'accorde pas un jour de plus. Elle retrouve alors le chemin du bureau et moi, celui des pleurs.

Vivent les nourrices

Pas de crèche pour moi : une nourrice, une mamie et une mémé viennent prêter main forte à toutes les jeunes mamans de la famille. Au début des années 1980, l'espérance de vie des femmes est de 78 ans ; celle des hommes, de huit ans de moins. Sur ce point, l'écart entre les

Regard en coin, sourire millimétré, la force de l'habitude.

hommes et les femmes est alors à son comble. La plupart d'entre nous ont des grands-parents plutôt jeunes et pas forcément retraités... Une petite vingtaine d'années les séparent de nos parents.

Évolution des mœurs et augmentation du nombre de femmes accédant aux études supérieures obligent, ce n'est pas vingt, mais plutôt trente ans – à quelques exceptions près – qui nous séparent de nos parents.

Ma famille est catholique, mais mes parents le sont plus « par habitude » que par conviction. Et c'est donc surtout pour faire plaisir à leurs propres parents qu'ils baptisent leur enfant. Pour autant, mon baptême n'a rien à voir avec celui de William Arthur Philip Louis Mountbatten-Windsor, prince du Royaume-Uni et lui aussi un enfant de 1982. Ma cérémonie à moi consiste en un déjeuner familial et une distribution de dragées. Dans le respect des nouvelles règles de l'Église, mon parrain et ma marraine ont plus de 16 ans.

Mais mon père est certainement plus ému par la sortie de *Tron*, le premier film comportant des images de synthèse, que par mon entrée dans la grande famille de Jésus-Christ. Moi-même, je n'en ai pas gardé un souvenir impérissable...

Première bougie d'une longue série (espérons-le).

Si jeunesse savait

En réaction à un courant punk ostentatoire, le début des années 1980 voit l'avènement d'un nouveau genre, la new wave. Les Britanniques en ont repris le commandement, The Cure ayant succédé à Joy Division. Si les jeunes de l'époque commencent à s'habiller en noir des pieds à la tête, mes parents, qui n'ont plus 20 ans, préfèrent les Pink Foyd, Chicago et Dire Straits. Ils s'habillent comme des hippies qui ont un peu vieilli, appréciant encore les pattes d'eph' et les lunettes à grosses montures.

Mais la mode des 80's va bientôt déferler. Couleurs et motifs voyants, silhouette en X et tenues *oversize* prennent peu à peu place dans les

Les bassines orange dans lesquelles on a tous pris un bain !

garde-robes. À la maison, la décoration est un vestige typique des années 1970 : une moquette verte qui n'a rien de moelleux, des canapés beige en velours côtelé, des enceintes plus grandes que moi, et un téléviseur muni d'un gros bouton qu'il faut tourner lorsqu'on veut changer de chaîne. Ma sœur y regarde les « Schtroumpfs », les « Fraggle Rock » et « Casimir ». Moi, non, mais je me rattraperai bientôt...

En 1983, nous sommes encore trop jeunes pour pleurer la mort de Louis de Funès, pour comprendre pourquoi Maurice Papon est inculpé de crimes contre l'humanité, pour nous réjouir de la victoire de Yannick Noah à Roland-Garros et de la loi sur l'égalité des sexes dans le travail, ou encore pour nous soucier de ce fameux TGV qui permet de relier Paris à Lyon en deux heures.

En 1983, comme la plupart de nos compatriotes, nous passons nos vacances d'été en France. Parmi les mesures de rigueur imposées par le gouvernement de Pierre Mauroy, un contrôle des changes vise à limiter le déficit extérieur en restreignant les sorties de devises effectuées par des particuliers. Ces mesures seront toutefois rapidement assouplies pour les voyageurs d'affaires et les agents de voyage. De toute façon, mes parents n'avaient pas prévu de voyager à l'étranger avec un bébé de 10 mois sur les bras...

Scooter et portable, c'est ce qui s'appelle être visionnaire.

Les films que l'on n'avait pas l'âge d'aller voir au cinéma

Heureusement, on les a vus plus tard…
Blade Runner, *de Ridley Scott, avec Harrison Ford, Rutger Hauer et Daryl Hannah, sorti le 15 septembre 1982. Parce que, quand on vient de naître, comprendre le conflit qui oppose les « réplicants Nexus 6 » au blade-runner Rick Deckard (Harrison Ford) n'est pas chose facile. D'autant que nous étions bien trop jeunes pour apprécier la beauté de Rutger Hauer et de Daryl Hannah à leur juste valeur.*
Deux heures moins le quart avant Jésus-Christ, *de et avec Jean Yanne, Coluche et Michel Serrault, sorti le 6 octobre 1982. Cette fois, ce qui nous manquait surtout était un certain sens de l'humour, absolument indispensable pour saisir tous les sous-entendus de cette comédie devenue culte.*
Christine, *de John Carpenter, d'après le roman de Stephen King, avec Keith Gordon, John Stockwell et Alexandra Paul, sorti le 25 janvier 1984. Si nous avions su, à l'âge de 2 ans, ce qu'une simple voiture pouvait faire subir à ses passagers, aucun d'entre nous n'aurait jamais pu passer son permis. Sans parler des années de thérapie nécessaires pour s'en sortir.*
Dune, *de David Lynch, d'après le roman de Frank Herbert, avec Kyle MacLachlan, Francesca Annis et Sting, sorti le 6 février 1985. Cette fois, ce n'est pas plusieurs années, mais une vie entière de thérapie qu'il nous aurait fallu pour nous remettre des cauchemars de Paul Atreides (Kyle MacLachlan) si nous les avions croisés à 3 ans. David Lynch n'est résolument pas indiqué pour le jeune enfant !*

1984, le génie marketing d'Apple à l'œuvre.

Le succès d'un chat et d'une pomme

En 1984, « Téléchat » – une émission créée par Roland Topor et Henri Xhonneux – reçoit le Prix de la meilleure émission pour l'enfance, décerné par la Haute autorité de l'audiovisuel, ainsi que le Prix de la meilleure émission francophone pour enfants et adolescents, au festival de Cannes. Pourtant,

C'est bien beau tout ça – surtout le papier peint – mais où sont les Schtroumpfs ?

les interventions de Mic-Mac, le micro de Lola l'autruche et Duramou, un horrible fer à repasser, m'inspirent davantage de terreur que de rires. « Il n'y a qu'une télé, c'est Téléchat » : très peu pour moi.

À Groucha le chat, les enfants de mon âge préfèrent de loin « Pac-Man » et « Yakari », des dessins animés programmés par Antenne 2 dans l'émission « Récré A2 ». Et tandis que nous nous émerveillons devant les frasques du petit Indien, Apple prépare la sortie de son premier ordinateur personnel, avec, déjà en main, la recette qui fera son succès : un marketing de génie.

Une vaste campagne publicitaire accompagne le lancement du Mac, avec un spot intitulé « 1984 » en référence au roman de George Orwell, diffusé lors du Super Bowl XVIII. L'annonce est prometteuse : « Le 24 janvier, Apple présentera Macintosh, et vous verrez pourquoi 1984 ne sera pas '1984' ». Apple viendrait-il nous libérer de la dictature d'IBM ?

Le 24 janvier, le miracle a bien lieu. Steve Jobs dévoile le premier Macintosh, vendu à 2495 $. En une centaine de jours, plus de 70 000 exemplaires s'écoulent. Il faut dire qu'Apple a fait fort avec son design innovant, l'ajout d'une souris et la simplification du langage informatique. Corbeille, bureau, dossiers… Tout le monde parle déjà le Macintosh couramment ! Hasard ou destinée, Mark Zuckerberg naît au printemps suivant, tandis que le nombre d'ordinateurs connectés à Internet atteint le millier.

Mais, pour l'instant, nous n'avons pas d'ordinateur à la maison. À Noël, je me contente d'une peluche de l'ourson Cajoline et de pâte à modeler, tandis que ma sœur reçoit un jeu de construction des Schtroumpfs sur lequel je lorgne avec envie.

Le sida dans les médias

Klaus Nomi, chanteur allemand et icône de la new wave, est l'une des premières célébrités à s'éteindre des suites du sida, le 6 août 1983. À l'époque, Libération *en profite pour dresser un état des lieux plus qu'inquiétant : « Klaus Nomi est mort du sida, comme près de 600 homosexuels ou toxicomanes new-yorkais. » Dans le monde, on recense alors 3 000 cas de ce que l'on nomme encore le « cancer gay » ou la « maladie des homosexuels ».*
La mort du philosophe Michel Foucault, en 1984, puis celle du comédien américain Rock Hudson, en 1985, bouleversent l'opinion et incitent les médias à évoquer la question. Le 24 avril 1984, un reportage sur le virus est diffusé au 20 heures d'Antenne 2, qui s'interroge sur le diagnostic et évoque la possibilité de trouver un vaccin. Le Monde, Libération *et* Le Figaro *abordent le sujet dans quelques articles, mais c'est* Le Nouvel Observateur *qui en fera sa une, le 9 août 1985, en reprenant un portrait de Klaus Nomi, devenu le symbole de la lutte contre cette maladie.*
En décembre de la même année, Line Renaud, présidente de l'Association des artistes contre le sida (AACS), organise la première émission télévisée destinée à récolter des fonds pour la lutte contre le sida, à laquelle participent de nombreux artistes. La guerre à la discrimination est enfin déclarée !

Klaus Nomi (1944-1983).

Tout y est : la moquette verte, les canapés marron, la vieille télé… Et surtout, les looks !

Au cœur des *80's*

Inénarrable mode des années 1980… Nous y voilà, en plein dans le mille ! Bandeaux dans les cheveux pour les femmes, vestes XXL pour les hommes, les tenues affichent des couleurs vives, des coupes déstructurées (aussi bien les vestes que les cheveux) et des motifs excentriques. Nous autres, les enfants, sommes les innocentes victimes de cette tendance. Le grain des photos ne nous arrange pas, la pâleur des Polaroid, encore moins !

Même les bouteilles d'Évian étaient *80's*.

Isabelle Adjani dans *Subway*.

Emblèmes de cette époque, Isabelle Adjani, Christophe Lambert et leur coiffure iroquoise rayonnent dans *Subway*, le film du jeune réalisateur Luc Besson. Outre-Atlantique, le cinéma est aussi à la fête : le film *Amadeus* rafle trois statuettes à la cérémonie des Oscars, dont l'une revient à Fahrid

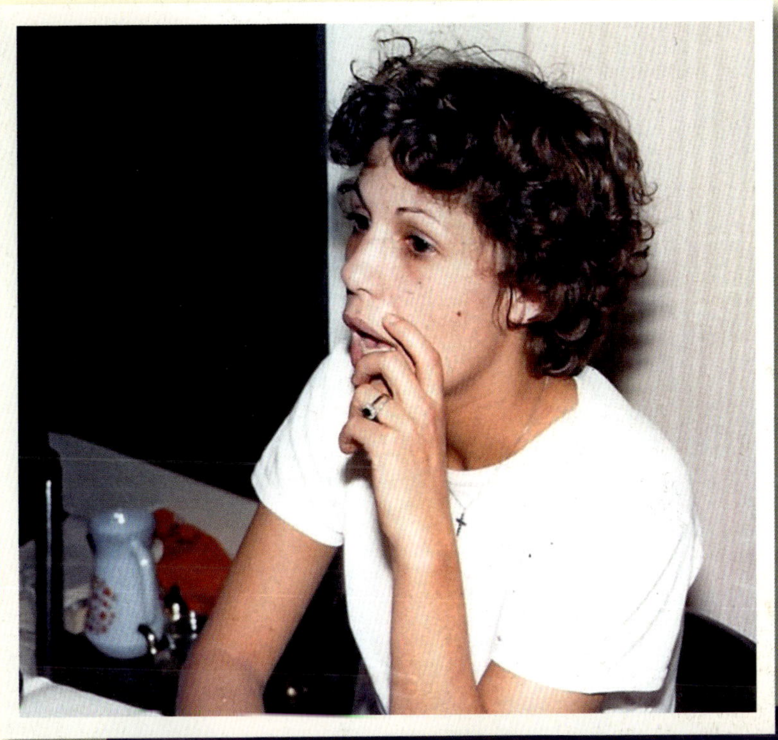

Femme des années 1980, femme jusqu'au bout... du papier peint !

Murray Abraham pour son interprétation de Mozart, et les deux autres à Milos Forman dans les catégories « Meilleur film » et « Meilleur réalisateur ».

De notre côté, nous regardons enfin des dessins animés à notre mesure : « Les Bisounours », « Bibifoc », « Tchaou & Grodo ». Si personne n'a de mal à se rappeler les deux premiers, peu d'entre nous se souviennent de Tchaou, ce chiot errant qui cherche sa maman en compagnie d'un gros chien un peu grognon. Les paroles du générique sont sans merci : « Abandonné et pourchassé, il cherche sa maman. / Et il a faim, et il a froid... » Ma sœur pleure à chaque fois – moi aussi, mais c'est parce que l'épisode est fini.

D'autres pleurent la mort du photographe portugais Fernando Pereira. Il se trouvait sur le *Rainbow Warrior* lorsque celui-ci a coulé. Le bateau de Greenpeace, qui entendait protester contre les essais nucléaires français de Mururoa, aurait été la cible de nos services secrets.

Quelques jours avant mes 3 ans, l'océanographe Robert Duane Ballard retrouve, au large des côtes canadiennes, l'épave du *Titanic*. James Cameron suit probablement l'événement avec attention... Mais un autre grand événement me concerne de plus près : l'entrée en maternelle.

1985-1987

Bienvenue à la **maternelle**

Le Kiki de tous les Kikis.

Prêts pour la rentrée ?

Le 9 septembre 1985, des millions d'enfants entrent en première année de maternelle. J'en suis ! Au moment où nous envahissons nos classes, d'étranges hommes-lézards débarquent sur terre. Enfin, c'est ce que nous raconte la série télévisée « V (Les Visiteurs) », diffusée sur Antenne 2 le jour même. On y découvre la cruelle Diana, qui dévore des souris comme nous dévorons nos roudoudous. La résistance des hommes s'organise autour de Mike Donovan et du docteur Julie Parrish.

Un autre héros fait la une : Super Mario. Le superplombier de Nintendo et son acolyte Luigi viennent d'entrer dans la légende du jeu vidéo. Pas de console à la maison ni dans la cour de l'école – de toute façon, à 3 ans,

Chronologie

11 mars 1985
En URSS, Mikhaïl Gorbatchev succède à Konstantin Tchernenko à la tête du parti communiste.

21 juillet 1985
Le cycliste français Bernard Hinault remporte pour la cinquième et dernière fois le Tour de France.

30 septembre 1985
Mort de Simone Signoret.

25 octobre 1985
Les abonnés aux PTT se voient attribuer de nouveaux numéros à huit chiffres.

21 décembre 1985
Ouverture des Restos du Cœur.

26 avril 1986
Explosion du réacteur n° 4 de la centrale nucléaire de Tchernobyl.

17 décembre 1986
Sortie du *Nom de la rose*, de Jean-Jacques Annaud, adapté du roman d'Umberto Eco, avec Sean Connery et Christian Slater.

22 février 1987
Mort d'Andy Warhol.

1er mars 1987
Première fête des grands-mères et naissance de M6.

9 mars 1987
« Where The Streets Have No Name » ouvre le cinquième album de U2, *The Joshua Tree*.

11 mai 1987
Ouverture du procès de Klaus Barbie et sortie du *Grand Bleu* de Luc Besson.

20 juin 1987
Les All Blacks sont les vainqueurs de la première Coupe du monde de rugby.

16 septembre 1987
Signature à Montréal d'un accord international pour la protection de l'atmosphère terrestre.

7 novembre 1987
Le premier président de la République tunisienne, Habib Bourguiba, est destitué et remplacé par son Premier ministre Zine el-Abidine Ben Ali.

1er décembre 1987
Début de la construction du tunnel sous la Manche.

Les jolis tons des années 1980…
Et les voitures aussi !

l'idée de venir au secours d'une princesse ne nous enchante guère. Nous, on aime nos Pitou et nos Bisounours.

En classe, la maîtresse, qu'on appelle souvent « Maman », nous raconte des histoires avant de nous envoyer faire la sieste. On dessine – mal –, on chante – mal aussi –, on dort… beaucoup. Je passe mes récrés à ramasser des cailloux pour ma mère ou à me disputer pour le tourniquet. À 16 h 30, Maman me récupère à bord de sa Renault 11 bordeaux, je lui donne ses cailloux, elle me file mon goûter ! Et comme je n'ai pas de devoirs (il ne manquerait plus que ça !), je regarde les « Aventures de Winnie l'ourson » sur FR3 sans savoir que c'est Jean Rochefort qui prête sa voix à Winnie. La vie est belle.

Nous sommes encore trop jeunes pour pleurer devant les deux catastrophes qui frappent l'Amérique du Sud en cet automne 1985.

Comment résister à ce regard ?

Le 21 septembre, la ville de Mexico tremble, à la suite d'un séisme d'une magnitude de 8,1 sur l'échelle de Richter. Le bilan est lourd : plus de 10 000 morts. Moins de deux mois plus tard, le volcan colombien Nevado del Ruiz entre en éruption, entraînant le déversement de tonnes de boue sur la ville d'Armero-Guayabal et la mort de 21 000 personnes, dont une fillette de 13 ans, Omayra Sánchez. Son agonie est intégralement filmée par les médias du monde entier, ce qui soulève une large polémique.

Pour l'heure, seuls les cadeaux de Noël nous préoccupent. Big Jim, Petits Poneys, Barbie ou Lego, on a tous quelque chose en tête et sur notre liste. Quelques jours avant le grand soir, Coluche ouvre les Restos du Cœur. Il faut dire qu'avec 10 % de chômeurs et un taux de pauvreté avoisinant les 5 %, la France n'est pas au mieux de sa forme.

Récré A2

En 1978, Jacqueline Joubert dirige les programmes jeunesse d'Antenne 2. Elle décide de lancer une émission jeunesse, « Récré A2 », et pense à Dorothée – alors speakerine sur la même chaîne – pour l'animer. La première édition est diffusée le lundi 3 juillet 1978. Une équipe d'animateurs viennent prêter main forte à Dorothée, qui n'est alors âgée que de 25 ans.

Ainsi, à partir du mois de septembre 1978, Patrick Simpson-Jones, Fabrice, William Leymergie et Cabu retrouvent les jeunes téléspectateurs tous les jours de la semaine. Une seconde brochette d'animateurs vient compléter l'équipe : Alain Chaufour, Marie Dauphin, Jacky, François Corbier, Charlotte Kady et Zabou Breitman. L'émission comporte évidemment des dessins animés mythiques et des séries légendaires : « Goldorak », « Albator », « Candy », « Chapi Chapo », « Clémentine », « Cobra », « Les Mystérieuses Cités d'or », « Les Mondes engloutis », « Tom Sawyer », « San Ku Kaï », ou encore « X-Or ». Plusieurs chroniques viennent ponctuer et enrichir l'émission, comme le magazine littéraire « Latulu et Lireli » et les reportages de Georges de Caunes.

En avril 1985, face à l'enthousiasme général, Jacqueline Joubert crée « Récré A2 matin » qui sera diffusée en direct tous les mercredis matins. Mais, le 3 juin 1987, Dorothée, Patrick Simpson-Jones, Jacky et Corbier quittent Antenne 2 pour TF1. « Récré A2 » sera alors animée par Marie Dauphin, mais ne résistera pas longtemps au départ de son animatrice vedette. Après dix ans de bons et loyaux services, l'émission s'arrêtera en juin 1988.

Mais pourquoi les adultes ne portaient-ils jamais de cagoule ?

Des catastrophes en chaîne

Ce n'est pas le début de l'année 1986 qui va lui redonner le sourire. Le 15 janvier, le pays et le Paris Dakar sont en deuil. L'hélicoptère de Thierry Sabine s'est écrasé dans le désert avec à son bord deux journalistes, un pilote et... Daniel Balavoine. La France perd une star, et la gauche, un militant engagé. 1986 semble généralement hostile aux engins volants : le 28 janvier, la navette spatiale *Challenger* explose en vol 76 secondes après avoir décollé de Cap Canaveral. Bonjour l'ambiance !

Mais lequel d'entre nous s'en souvient ? À l'époque, nous étions branchés sur FR3, riions à gorge déployée devant « Boumbo », la « petite automobile-bile » qui paraît « si fragile-gile » sous son « drôle de capot... bou-bou-Boumbo ! » On renifle même les fleurs pour voir si ça fait « boum boum dans nos cœurs »...

Les premières sorties scolaires.

Des 4L fourgonnettes comme on n'en voit plus.

Mais trêve de poésie, et place à la chanson ! Au printemps, la variété française se porte franchement bien. Mylène Farmer sort *Libertine*, Jeanne Mas, *En rouge et noir*, Lio, *Les Brunes comptent pas pour des prunes,* et Niagara, *L'Amour à la plage*. Jacques Chirac est, quant à lui, élu Premier ministre de la cohabitation. Y a-t-il un rapport entre ces différents « succès » ? L'histoire ne nous le dit pas. Et il fallait bien une catastrophe supplémentaire pour revenir à la réalité. Le 26 avril, le réacteur n°4 de la centrale nucléaire de Tchernobyl, en Ukraine, explose. Le nuage s'abat sur la Scandinavie, l'Allemagne et la Suisse, mais heureusement, il s'arrête poliment à notre frontière.

Les premières amours n'ont pas attendu le collège.

Attentats revendiqués par Action directe entre 1985 et 1986

Action directe (AD) est un groupe armé d'extrême gauche créé en 1979 par Jean-Marc Rouillan. Entre 1979 et 1987, ses membres ont revendiqué une soixantaine d'attentats et d'assassinats sur le territoire français. En 1982, AD est dissous par le gouvernement ; le groupe durcit sa position et multiplie les actions violentes. Une dizaine d'entre elles sont menées entre 1985 et 1986, dont :

25 janvier 1985
Assassinat de René Audran, ingénieur général de l'armement et responsable des ventes d'armes de la République française.

26 avril 1985
Attentat à la bombe contre le siège parisien du Fonds monétaire international (FMI), dans le XVIe arrondissement.

17 novembre 1985
Tentative d'assassinat par balle sur le contrôleur général des armées, Henri Blandin.

15 avril 1986
Assassinat manqué de Guy Brana, vice-président du Conseil national du patronat français (ancêtre du Medef).

16 mai 1986
Attentat à la bombe contre le siège d'Interpol à Paris.

21 juillet 1986
Attentat à la bombe contre les locaux de l'OCDE (Organisation de coopération et de développement économique), dans le XVIe arrondissement.

11 novembre 1986
Attentat à la bombe contre le siège administratif de Peugeot, rue de la Grande-Armée.

17 novembre 1986
Assassinat de Georges Besse, PDG de Renault, devant son domicile parisien.

15 décembre 1986
Tentative d'assassinat contre Alain Peyrefitte, ancien garde des Sceaux.

Le 21 février 1987, l'arrestation de ses membres les plus actifs marquera la fin d'AD.

De l'actualité ? Non, des dessins animés !

Les grandes vacances commencent avec la finale de la Coupe du monde de foot et la victoire de l'Argentine. Je passe l'été à jouer au ballon rond et demande à ma nourrice de me boucler les cheveux pour ressembler à Diego Maradona. Pendant ce temps, le groupe The Cure entame une tournée et Prince est à Paris. Ils en ont de la chance ! Nous, on est juste bons à entrer en deuxième année de maternelle.

Les beaux tabliers de la maternelle.

Il n'y a toujours pas d'ordinateur à la maison – pourtant, ce n'est pas l'offre qui manque. Apple vient de sortir l'Apple IIGS et Compaq lance le Compaq 386 Deskpro. De qui se moque-t-on ? Je me contente donc de mon Télécran, dit « écran magique », pour faire mes gribouillis, car, il faut bien l'admettre, mon sens de la perspective est encore approximatif. J'hérite ce petit joujou de ma sœur, qui a passé l'âge. Elle me lègue aussi une partie de ses vêtements : habillée en Z des pieds à la tête, je rentre dans le moule sans broncher. Je suis encore trop jeune pour être consciente de mon look, ou, devrais-je dire, de mon absence totale de look…

En même temps, je ne suis pas la seule dans ce cas. Et bientôt, la révolte grondera contre la cagoule, ce simple bout de tissu qui a traumatisé toute une génération. Elsa, elle, a la classe. Elle n'a que 13 ans et s'affiche en tête du top 50 avec le titre *T'en va pas*. Son 45 tours passe en boucle dans notre mange-disques orange… Mais moins souvent que celui des Schtroumpfs. Que voulez-vous, on est fan ou on ne l'est pas !

Mon père, lui, est branché F1. Quelle n'est pas sa joie lorsque le 13 novembre, Alain Prost est de nouveau sacré champion du monde. Cette victoire est vite oubliée : quelques jours plus tard, le patron de Renault, Georges Besse, est abattu devant son domicile. Le groupe armé Action directe est soupçonné. Moi, je ne regarde pas les infos. « Lady Oscar », « Les Minipouss », « Cat's Eyes », « Denis la Malice » et « Les Snorky » me captivent davantage.

L'année 1986 s'achèvera en beauté et au cinéma, où un énième Disney nous attend : *Basil, détective privé*.

Qui a dit qu'un sous-pull ne pouvait pas être assorti à un sapin de Noël ?

5 milliards d'êtres humains

1987 commence sur les chapeaux de roue avec deux nouveautés télévisuelles d'envergure. Le 4 janvier, Richard Dean Anderson et sa mythique « nuque longue » débarquent sur Antenne 2 avec « MacGyver ». Évidemment, je crois dur comme fer qu'il existe « pour de vrai ». Je regarde aussi le nouveau dessin animé diffusé par Canal+, « Il était une fois… la vie ». Évidemment, je crois dur comme fer que mon corps est habité de bonshommes qui me défendent contre les méchants microbes.

Même si nos parents apprécient que de tels programmes nous sensibilisent sur notre santé, ils n'ont rien contre le fait qu'on joue aux grands avec nos cigarettes en chocolat – avec le bon geste, s'il vous plaît… Joli conditionnement ! En février, absorbés que nous sommes par une avalanche de dessins animés, et aussi parce qu'on a à peine 5 ans, nous passons à côté de l'arrestation des membres d'Action directe. Jean-Marc Rouillan, Nathalie Ménigon, Georges Cipriani et Joëlle Aubron sont appréhendés dans une ferme du Loiret. En revanche, le 1er mars, bébés ou pas, nos parents nous obligent à appeler nos mamies. Une nouvelle tradition est née : la fête des grands-mères.

S'il est bien une chose qui ne change pas, c'est l'inquiétude qu'inspire le sida. Le 27 avril 1987, le ministère de la Santé lance une campagne de prévention. Le slogan « Le sida, il ne passera pas par moi » est dans tous les esprits.

Dans le même temps, le sexe se « virtualise » grâce au Minitel rose. L'heure est résolument à la provocation. *Sous le soleil de Satan*, de Maurice Pialat, reçoit la Palme d'or au festival de Cannes ; et le clip du single *Étienne* de Guesch Patti n'en finit pas de choquer.

En goguette.

Le 4 juillet, la condamnation à perpétuité de Klaus Barbie rappelle à tous ce qu'est l'innommable. La Terre compte alors 5 milliards d'êtres humains et nous, nous sommes enfin en grandes vacances !

Quand on n'était pas devant la télé, on faisait du vélo.

Ça bouge à la télé

Entre 1986 et 1987, le paysage audiovisuel français va connaître de grands bouleversements. Des naissances, des privatisations, des adieux ont émaillé l'histoire de la télévision. Le 20 février 1986, moins de quatre ans après la naissance de Canal+, La Cinq débarque dans les foyers. C'est la réponse de Laurent Fabius à la demande du président de la République qui souhaitait créer « un espace de liberté supplémentaire ».
Pour les enfants, cela veut dire plus de dessins animés. Avec « Jeanne et Serge », « Princesse Sarah », « Lucile, amour et rock'n'roll » et « Vas-y Julie ! », La Cinq diffuse, bien avant le « Club Dorothée », les séries animées japonaises qui ont fait toute notre jeunesse.
Un an plus tard, le jour de la première fête des grands-mères, une autre chaîne généraliste, Métropole télévision (mieux connue sous le nom de M6, « la petite chaîne qui monte »), pousse ses premiers cris.
Encore des dessins animés ? Non, mais beaucoup de musique, de clips et de séries télévisées, dont l'irremplaçable « Cosby Show ».

Et il faut croire que le printemps 1987 est propice aux changements, car le Paf n'en finit plus de bouger. Début avril, TF1 est privatisée : 50 % de son capital est attribué à Bouygues. Pour pallier les départs de ses animateurs vedettes Patrick Sabatier, Patrick Sébastien et Stéphane Collaro – partis briller sur La Cinq –, les gérants de la chaîne vont dépouiller « Récré A2 » de Dorothée et de ses joyeux comparses.

Vive la colle Cléopâtre

Pendant l'été, France Gall chante *Ella, elle l'a*, mais c'est très étrangement la « chanteuse » Sabrina qui fait un carton avec *Boys*. Ce succès est-il dû au fait que la jolie brune aux formes généreuses se dandine dans une piscine ? Non, ce doit être grâce aux paroles très profondes de sa chanson. Michel Berger n'a qu'à bien se tenir !

En rentrant de vacances, nous profitons d'un passage par Paris pour nous arrêter au McDo... C'est la première fois que j'y mange et j'ai le sentiment de vivre quelque chose d'exceptionnel. D'autant que je repars avec un seau Ronald McDonald's ! C'est d'ailleurs l'unique détail qu'il me reste de ces vacances.

Un peu avant la rentrée scolaire, Dorothée fait la sienne sur TF1. Et si la première du « Club Dorothée » est un peu ratée, cela n'empêchera pas l'émission d'avoir du succès. Sans le savoir, l'animatrice vient de signer pour dix ans. Pour nous, c'est la dernière année avant le grand saut, avant l'école primaire et le début des tracas. Bientôt, nous n'aurons plus le droit de faire la sieste à l'école... Profitons-en.

Nous nous améliorons en travaux manuels, nous maîtrisons coloriage, découpage et collage. Surtout lorsqu'on se sert de notre pot de colle Cléopâtre. Ça sent bon l'amande : on la renifle, certains la mangent, on en met des tonnes à l'aide de la languette pour le simple plaisir d'appuyer sur les bosses. Serions-nous accros ? Juste un peu.

En cette fin d'année, le cinéma est à l'honneur. Louis Malle sort *Au revoir les enfants*, Stanley Kubrick *Full Metal Jacket*. La guerre, toujours la guerre... Emile Ardolino a des préoccupations bien plus fondamentales : la danse et l'amour. Le 23 décembre 1987, c'est la sortie française de *Dirty Dancing*. Un jour, toutes les filles voudront être Baby ; plus tard, elles auront envie d'apprendre la poterie. Le dénominateur commun ? Patrick Swayze, pardi.

Une glace au parfum « colle Cléopâtre ».

Mi-femme, mi-bâton.

Derniers mois d'insouciance

Mais, en janvier 1988, une nouvelle série programmée par TF1 va faire naître de nouvelles ambitions. Oubliés, la danse et Patrick Swayze : le détective de choc Rick Hunter et le sergent Dee Dee McCall nous ouvrent les portes de la police. Dans la cour, il y a deux catégories de filles : celles qui veulent le brushing de Dee Dee et celles qui se rêvent en princesse Sarah. Les garçons hésitent encore entre Rahan et Denis la malice. Dans tous les cas, les personnalités commencent à s'affirmer et tout se règle à la récré. Mais « Dragon Ball » et « Alf », respectivement diffusés sur TF1 et France 2, vont nous réconcilier. Bien sûr, tous les enfants qui ont un chat espèrent seulement qu'Alf épargnera le leur.

Nos parents se fichent pas mal de la famille Tanner et de cet extraterrestre poilu : ce qui les préoccupe, ce sont les présidentielles. Le 28 avril, le Président et candidat François Mitterrand marque un point. Lors du débat télévisé présenté par Élie Vannier et Michèle Cotta, il humilie son adversaire de Premier ministre, Jacques Chirac.

« Ce soir, je ne suis pas le Premier ministre, et vous n'êtes pas le président de la République, nous sommes deux candidats à égalité [...], vous me permettrez donc de vous appeler monsieur Mitterrand.

- Mais vous avez tout à fait raison, monsieur le Premier ministre. »

Ça, c'est fait ! Le 8 mai, François Mitterrand est réélu avec 54 % des suffrages. La France reste socialiste. Ce qu'on en pense ? Rien. Tant que nous avons notre colle Cléopâtre et notre chocolat Merveilles du monde, tout va bien. À la cantine, on joue avec notre Kiri et on chante en chœur « Chambourcy, oh oui ! ». Nous allons bientôt apprendre à lire, mais ça, on n'y pense même pas.

1988-1992

À cheval sur deux décennies

On écrit… Enfin, on essaie.

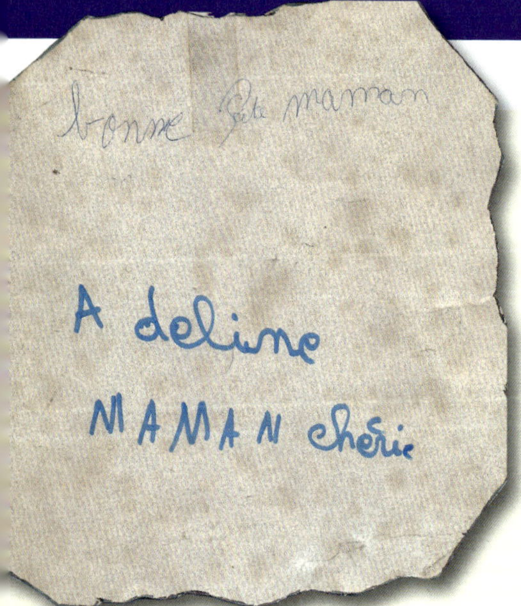

La récré des « grands »

À la fin des grandes vacances, le 25 août 1988, Françoise Dolto décède. La disparition de celle qui nous défend comme « sujets à part entière » n'a pourtant que peu d'incidence sur nos vies quotidiennes. Et en septembre, rien ne change, à ceci près que nous entrons dans la cour des grands.

Chronologie

26 janvier 1988
La première conférence mondiale sur le sida rassemble 148 pays.

Février 1988
Le groupe bordelais Noir Désir sort son premier album, *Où veux-tu qu'je r'garde.*

8 mai 1988
François Mitterrand est réélu président de la République française.

8 novembre 1988
George Bush remporte les élections présidentielles américaines.

7 décembre 1988
En Arménie, un séisme de 6,9 sur l'échelle de Richter fait près de 30 000 morts.

15 février 1989
L'ayatollah Khomeyni lance une fatwa contre l'écrivain Salman Rushdie suite à la publication de son livre *Les Versets sataniques.*

5 octobre 1989
Le Dalaï-lama reçoit le prix Nobel de la paix.

9 novembre 1989
Chute du mur de Berlin.

2 août 1990
Les troupes irakiennes envahissent le Koweït.

10 janvier 1991
Promulgation de la loi Évin.

17 janvier 1991
Dans le cadre de la guerre du Golfe, début de l'opération militaire « Tempête du désert ». Le conflit prendra fin dix jours plus tard.

2 mars 1991
Mort de Serge Gainsbourg.

25 décembre 1991
Fin de l'URSS. Mikhaïl Gorbatchev démissionne, remplacé par Boris Eltsine.

7 février 1992
Signature du traité de Maastricht.

26 août 1992
Signature d'un accord divisant la Tchécoslovaquie en deux États, la Slovaquie et la Tchéquie.

3 novembre 1992
Bill Clinton devient le 47e président des États-Unis.

Pas de jaloux. Il y en a aussi pour les papas.

On passe en effet de l'autre côté du muret qui sépare la récré des « bébés » de celle des plus de 6 ans. Religieuses et instituteurs de la République se partagent la surveillance du préau de notre école catholique. Pas de distributeurs de barres chocolatées, juste des stands de viennoiseries tenus par quelques bonnes sœurs.

Après la collation, filles et garçons prennent possession de la cour. Mixité ou pas, il y a souvent deux camps : élastique et corde à sauter pour ces demoiselles, foot et billes pour ces messieurs. Mais l'arrivée dans nos vies de Mathieu le Dégueu va tout changer. Au diable les différences de sexe, l'échange des cartes Crados ne respecte qu'un seul critère : « Celle-là, je l'ai pas ! » L'album est vendu 6 francs, ça tombe bien, on a 6 ans.

Étrangement, la directrice de l'école n'est pas sensible à cette soudaine cohésion des genres, et les Crados sont expulsés de la primaire. Mais l'époque où les roses et les choux poussaient loin les uns des autres est bel et bien révolue, et l'on voit des garçons tenir des cordes à sauter tandis que des filles collectionnent des calots. En classe, on apprend à

lire, à compter et à arrêter de pleurer. Le dessin cède la place à l'apprentissage de l'écriture... Activité parfois laborieuse et dont les résultats s'approchent plus des hiéroglyphes que de la calligraphie. Pas grave : nous avons dix mois devant nous pour remplir soigneusement nos cahiers.

Les « Tortues Ninja » ? Non, juste quatre petites filles habillées par leurs parents !

1988-1992 : quatre dessins animés mythiques

En 1988, « Dragon Ball » dans le « Club Dorothée » de TF1 : *Cet anime japonais raconte les aventures du petit Son Goku qui, malgré son jeune âge, se révèle particulièrement doué pour les arts martiaux. Il possède une étrange boule de cristal à quatre étoiles et est affublé d'une queue de singe tout aussi énigmatique. Avec la jeune et jolie Bulma, ils partent à la recherche des six Dragon Balls restantes.*

En 1989, « Les Tortues Ninja » sur Canal+ : *Ces quatre tortues mutantes, recueillies et élevées par le rat Splinter, maître de ninjutsu, ont chacune une couleur et un art martial de prédilection. Leonardo porte un bandeau bleu et manie comme personne le ninjato. Michelangelo porte un bandeau orange et se bat grâce à ses deux nunchaku. Donatello porte un bandeau violet et utilise son bo (long bâton en bois) quand il ne peut pas faire autrement. Enfin, Raphaël porte un bandeau rouge et deux sai dissuasives.*

En 1990, « Le Collège fou, fou, fou » dans le « Club Dorothée » : *Ce manga japonais suit les aventures de cinq élèves du lycée Itchio, spécialisé dans le redoublement. La particularité de ces personnages est qu'ils deviennent minuscules sous l'effet de l'émotion ou de la colère.*

En 1992, « Ranma ½ » dans le « Club Dorothée » : *Créée par Rumiko Takahashi, cette série animée relate les péripéties et les gags vécus par la famille Tendo et leurs amis, Genma Saotome et son fils Ranma. Le problème majeur de ces personnages est qu'ils changent d'aspect au contact de l'eau froide. Ranma se transforme ainsi en jeune fille ; son père, en panda.*

Vive le « Club Dorothée »

À la maison, le soir, il n'y a pas de parents avant au moins 19 heures. Après les devoirs, notre nourrice nous laisse regarder « Youpi ! L'école est finie » sur La Cinq ou le « Club Dorothée » sur TF1. Ces programmes nous fournissent notre dose quotidienne de séries mythiques, comme « Punky Brewster » et « Arnold et Willy », mais aussi – et surtout – de dessins animés japonais. « Astro le petit robot », « Olive et Tom » et les inénarrables « Chevaliers du Zodiaque » inspirent nos débuts de soirée. À table ou dans le bain, on en rejoue les scènes de combat en chantant : « Une chanson bien haut, c'est la chanson des héros. »

Mais, à 20 heures, c'est l'extinction des feux et des voix. Avant de s'endormir, on pense à mercredi et aux huit heures de bonheur qui nous attendent. Dorothée, Jacky, Ariane et Corbier ont vu leur temps d'antenne se rallonger et occupent la Une durant toute la journée où nous n'avons pas école. Et toc !

Sauf que notre nourrice n'est pas disposée à faire de nous des enfants de la télé. Ordre est donné de stimuler notre créativité. Nous apprenons à jouer aux dames, à la belote, à confectionner des « Tapitouf » et à préparer des tartes à la citrouille.

Pendant que nous grandissons, tout se bouscule dans le monde. À Pékin, des étudiants se sont fait massacrer sur la place Tienanmen. George Bush a prié le gouvernement soviétique de « déchirer le rideau de fer » et l'ayatollah Khomeiny est mort…

Et pendant ce temps, Michael Jackson faisait la tournée de *Bad*.

On aimerait tant voler la vedette...

Nous sommes en 1989 ! Pour nous, cela ne veut rien dire. Si ce n'est que Canal+ diffuse les « Tortues Ninja » et que le CP est bientôt derrière nous. Les grandes vacances nous tendent de nouveau les bras. Mais elles passent vite, et il faut déjà préparer la rentrée. Les fournitures scolaires ne diffèrent pas tellement de l'année précédente, mais le programme de mathématiques se corse légèrement et les problèmes arithmétiques font une entrée fracassante dans nos cahiers.

Une nouvelle décennie

Le CE1, c'est pas de la tarte. On ne se contente plus d'écrire, il faut désormais maîtriser l'orthographe. Les dictées se suivent et se ressemblent mais, peu à peu, les mots rentrent. Les plus studieux d'entre nous collectionnent les bons points sous forme d'images.

Plus l'apprentissage est sérieux, plus on profite de la récré. Une nouvelle mode est apparue : celle des puces. Ça n'a l'air de rien, sauf que nous, on adore les faire sauter. Elles se déclinent sous toutes les couleurs et à l'étude, les surveillants nous les confisquent toutes.

Du haut de nos 7 ans, nous commençons à comprendre pourquoi les grands adorent Les Nuls : si nous sommes encore trop jeunes pour « Objectif : nul » et le « JTN », on ne rate rien de l'« ABCD Nuls » d'Alain Chabat, Bruno Carette, Chantal Lauby et Dominique Farrugia.

Sans vraiment comprendre ce qu'il y a derrière, on sait aussi que le mur de Berlin vient de tomber. Pour saisir l'ampleur de l'événement, on se fie plus à la réaction des adultes qu'à nos connaissances géopolitiques – et on comprend confusément que l'Est est en plein bouleversement.

Le vert et le violet, il n'y a que ça de vrai !

Les années 1990 sont prometteuses, c'est Jean Leloup qui le dit : « C'est l'heure de la médiatisation. » Entre deux pubs, impliquant notamment les singes de la lessive Omo et les vamps criant « Égoïste ! » de Jean-Paul Goude, le beau Johnny Depp officie dans « 21 Jump Street », que je regarde en dégustant un bon verre de Tang, confortablement installée dans notre nouveau canapé.

À la maison, en effet, la décoration a sensiblement changé. La sono aussi. Maintenant, on a un lecteur de Compact Disc, et c'est sur CD que nous découvrons *Nothing Compares 2 U* de Sinead O'Connor. À l'école, les filles préfèrent Patrick Bruel... Chacun ses goûts ! Mais si je suis à peu près certaine de mes choix musicaux, je doute encore de mon look. Alors que nous rêvons tous d'être habillés en Benetton, on nous affuble de joggings verts et violets 100 % inflammables ou de pulls en grosse laine qui nous grattent partout. La classe, ce n'est pas encore pour demain. Mais le CE2, oui...

En préparant un mauvais coup.

Jeunes Allemands devant les ruines du mur de Berlin.

1989 : le bloc de l'Est s'effondre

La République populaire de Hongrie *devient la République de Hongrie après la dissolution du parti des travailleurs hongrois. Le 18 octobre, le président Bruno Straub est remplacé par Matyas Szurös. La Hongrie est en marche vers la démocratie.*

La chute du mur de Berlin *symbolise celle de tout le bloc de l'Est. Dans la nuit du 9 au 10 novembre, les Allemands font tomber le « Mur de la honte » devant les caméras du monde entier. Le violoncelliste Stanislav Rostropovitch s'installe sur une chaise devant le Checkpoint Charlie et joue du Bach. Le 1er décembre, la Constitution de la RDA est abolie. Divisé depuis 1961, le peuple allemand est enfin réunifié.*

La révolution de Velours, en Tchécoslovaquie, *appelée ainsi car dénuée de toute violence, met fin à la République socialiste tchécoslovaque. Le 10 décembre, suite à une vague de manifestations, un nouveau gouvernement est formé. Le 29 décembre, Vaclav Havel est élu président de la République.*

Le début de la fin du « génie des Carpates » *remonte au 21 décembre 1989, avec un désaveu public de Nicolae Ceausescu. Alors qu'il prononce un discours intégralement filmé, il se fait huer par la foule. Le lendemain, le bâtiment occupé par le Comité central est pris d'assaut, Nicolae Ceausescu et sa femme Elena s'enfuient. Capturés quelques jours plus tard, ils seront jugés lors d'un procès pour le moins expéditif et condamnés à mort le 25 décembre. Le soir même, des images de leurs dépouilles sont diffusées à la télévision.*

Une guerre ? Mais quelle guerre ?

Pendant l'été, un nouveau jeu télévisé fait de l'ombre à « Intervilles ». TF1, Guy Lux et Léon Zitrone se font voler la vedette par Antenne 2 et son « Fort Boyard ». Pour nous, c'est tout bénéf' : deux émissions, cela veut dire deux fois plus d'inspiration pour nos loisirs estivaux. Et ce n'est pas l'invasion irakienne de l'émirat du Koweït qui va nous faire pleurer : la guerre, on n'y pense même pas. Pourtant, peu de temps après la rentrée, l'ambiance n'est plus tout à la même, lorsque des militaires français partent pour le Golfe. Certains d'entre nous ont même un peu peur que leur papa y soit envoyé.

Heureusement, Thierry Hazard sort *Le Jerk* : ça va tout de suite mieux. On rattrape nos lacunes cinématographiques en visionnant en VHS *Police Academy*, *Les Gremlins*, *Beetlejuice* et *S.O.S. Fantôme*, on joue au Docteur Maboul ou à la bataille navale électronique... La guerre ? On l'a déjà oubliée.

Pour nous endormir encore un peu plus, une nouvelle série est diffusée tous les samedis matin sur Antenne 2 : « Sauvé par le gong ». Les filles sont amoureuses de Mark-Paul Gosselaar, alias « Zack », tandis que les garçons en pincent pour Tiffani Thiessen ou pour Kelly Kapowski.

Un drôle de truc débarque dans la cour de l'école : on appelle ça une « Game Boy ». D'emblée, on se passionne pour Tetris et sa musique entêtante. Au cinéma, ma sœur et ma cousine vont voir *Le Silence des agneaux*, mais sans moi, bien sûr... J'ai hâte d'être grande.

La cagoule, ou une enfance traumatisée.

Pendant la guerre du Golfe, Georges Bush visite ses troupes en Arabie saoudite.

Le 15 mai, pour la toute première fois, c'est une femme qui devient Premier ministre de la France. On pensera ce qu'on voudra d'Édith Cresson, sa nomination aura au moins permis à des petites filles de s'imaginer à la tête d'un gouvernement. Ça change des générations de maîtresses et de puéricultrices.

Édith Cresson.

« *Bébête show* » vs
« *Les Guignols de l'info* »

Créé par Jean Amadou, Stéphane Collaro et Jean Roucas, le « Bébête show » s'inspire du « Muppet Show » américain et met en scène des personnalités politiques au moyen de marionnettes. Se voulant satirique, l'émission caricature les membres du gouvernement français et commente avec humour l'actualité politique.
Parmi les marionnettes, certaines sont entrées dans la postérité : François Mitterrand en Kermitterrand la grenouille, qui s'autoproclame « maître » ou « Dieu » ; Jacques Chirac en aigle bleu, qui commence toutes ses interventions par « Écoutez » ; Raymond Barre en ours en peluche, dont les blagues tombent systématiquement à l'eau ; Jean-Marie Le Pen en Pencassine, une variation de Bécassine... Diffusé sur TF1 à partir d'octobre 1983, dans les émissions « Co-Co Boy » et « Cocoricocoboy », le « Bébête show » devient un programme à part entière en 1988.
La même année, Canal+ programme, sur une idée d'Alain de Greef, « Les Arènes de l'info » qui viennent remplacer le « JTN » des Nuls. Fonctionnant sur le même principe, c'est-à-dire un faux journal télévisé, l'émission caricature l'actualité politique et médiatique, en s'inspirant du « Spitting Image » britannique. Son traitement de la guerre du Golfe, rebaptisée « la guerre de le Golfe », lui vaut son premier grand succès. Par la suite appelé « Les Guignols de l'info », ce programme sera intégré à « Nulle part ailleurs » en 1991. Un an plus tard, Bruno Gaccio y rejoint les auteurs Benoît Delépine et Jean-François Halin.

Le monde change

Après un été rythmé par le tube *Saga Africa* de Yannick Noah, Mc Solaar et son *Bouge de là* nous familiarisent avec le rap. Moi, j'ai une grande sœur un peu grunge qui me fait découvrir les « Bérus » et Nirvana. Mais aussi rock n'roll que je sois, et tandis que mon père va voir *Terminator 2* au cinéma, je tombe amoureuse d'Ethan Hawke dans *Croc-Blanc*.

De la grande littérature.

Ici se cache un catalogue La Redoute de l'époque.

En fin d'année, deux monstres sacrés, l'un du cinéma, l'autre de la musique, s'éteignent : Yves Montand et Freddie Mercury. Quelques mois après la libération de Nelson Mandela et la fin de l'apartheid en Afrique du Sud, Michael Jackson chante *Black or White* tandis que Madonna continue de choquer le peuple américain. Après le vidéoclip *Like a Prayer* où elle embrassait un Christ noir, elle joue sur l'ambiguïté sexuelle dans *Vogue*.

Le 8 décembre 1991, les accords de Minsk scellent la fin de l'URSS et la naissance de la CEI (Communauté des États indépendants). En France, les Raiders, « Deux doigts coupe-faim », deviennent des Twix… Mais où va le monde ?

Il entre en 1992. Alors que Bertrand Cantat se veut désinvolte, la France accueille les jeux Olympiques d'hiver, à Albertville. Dans mon Walkman, je n'écoute ni Kurt Cobain, ni IAM, mais Dany Brillant. Tant pis pour moi !

Eurodisney ouvre ses portes à Marne-la-Vallée et la Super NES débarque en France. Vive la mondialisation ! La production télévisuelle française ne se laisse pas intimider par l'invasion des séries américaines. Emportée par le

T'as le look coco…

succès de la sitcom « Premiers Baisers », TF1 décide de donner une grande sœur à Justine : la série « Hélène et les garçons » est née. L'hystérie aussi.
Qu'avons-nous retenu de l'enseignement du CM1 ? Personne ne s'en souvient !

Dernière primaire

Il nous reste un air de l'été 1992, celui du groupe Pow Wow et de son *Le Chat*. Même si nos 10 ans ne nous permettent pas de saisir toute la subtilité des paroles, on chantonne « Moi vouloir être chat… »

D'ailleurs, on ne comprend pas non plus toute la subtilité des conversations que les auditeurs de « Lovin'Fun » mènent avec le Doc et Difool. Depuis la rentrée, cette émission de « libre antenne » est diffusée tous les soirs de la semaine sur Fun Radio. Évidemment, elle s'adresse aux plus grands, mais moi, j'ai une sœur aînée pour m'initier. Le slogan de l'émission, « Sexe, capote et rock'n'roll », témoigne de l'importance accordée alors à l'épidémie du sida et encourage le *safe sex*, le « sexe sans risque ».

Christine Bravo et Mireille Dumas font, elles aussi, une belle rentrée sur Antenne 2 : la première anime « Frou-Frou » avec cinq chroniqueuses de choc, Sonia Dubois, Valérie Expert, Joëlle Goron, Laurence Cochet et Tina Kieffer ; la seconde se spécialise dans l'intime avec « Bas les masques ». Quelques jours après ces grandes premières, Antenne 2 et FR3 deviennent France 2 et France 3, tandis qu'Arte remplace La Cinq.

Pendant ce temps, les Français disent oui à Maastricht et suivent les méandres de l'affaire du sang contaminé. Notre actualité à nous, c'est encore et toujours les studios Disney avec la sortie de *La Belle et la Bête* sur les écrans français. Les scénaristes américains n'en finissent plus de nous gâter.

En février 1993, TF1 programme une nouvelle série : « Berverly Hills 90210 ». La règle est simple : soit on aime la brune Brenda, soit on aime la blonde Kelly. Mais les deux à la fois, on oublie ! Et comme il ne faut pas renier les héros de son passé, rappelons-nous que Jean-Claude Van Damme n'était pas encore celui qu'il est. Impressionnés par ses exploits dans *Full Contact*, *Double Impact* et *Universal Soldier*, on l'adulait.

En ce printemps 1993, on sent bien que quelque chose a changé : nous sommes les plus grands de la primaire. Désormais, plus aucune maîtresse ne nous aidera à confectionner des cadeaux pour la fête des mères et des pères. Le collège nous attend… On prie pour que la principale ne ressemble pas à l'impitoyable mademoiselle Grace Musso dans « Parker Lewis ne perd jamais ».

1993-1996

Le collège fut fou, fou, fou !

La sixième c'est bien, les mariages, c'est mieux !

Les minus du collège

Alors que nous quittions la primaire avec le sentiment d'être des grands, nous entrons au collège avec celui d'être bien petits. Attention, il n'est désormais plus question de « maîtresse » ou de « maître » : il faut promptement s'habituer aux

Chronologie

1er novembre 1993
La CEE devient l'UE.

6 décembre 1993
Lancement du préservatif à 1 franc.

5 avril 1994
Mort de Kurt Cobain, le chanteur de Nirvana.

6 mai 1994
Inauguration du tunnel sous la Manche.

23 mai 1994
Quentin Tarantino remporte la palme d'Or à Cannes avec *Pulp Fiction*.

12 juin 1994
Première diffusion d'« X-Files » sur M6.

4 octobre 1994
Arrestation de Florence Rey et d'Audry Maupin, après une course-poursuite en région parisienne. Bilan : 5 morts, dont Maupin et 3 policiers.

26 décembre 1994
Des membres du GIA détournent un avion assurant la liaison entre Alger et Paris.

7 mai 1995
Jacques Chirac succède à François Mitterrand à la présidence de la République.

25 juillet 1995
Dans la station de RER Saint-Michel, à Paris, un attentat terroriste fait 8 morts.

5 septembre 1995
Reprise des essais nucléaires français à Mururoa (Polynésie).

4 novembre 1995
Yitzhak Rabin est assassiné.

7 décembre 1995
La vidéo passe au numérique avec le DVD.

13 décembre 1995
Sortie du film *Les Trois Frères* des Inconnus.

8 janvier 1996
Mort de François Mitterrand.

19 juin 1996
Trainspotting sort dans les salles françaises.

27 juin 1996
France 2 diffuse le premier épisode de la série « Urgences ».

15 août 1996
Marc Dutroux avoue avoir séquestré des petites filles.

conventions collégiennes et servir des « monsieur » et « madame ». Un professeur pour chaque matière et un programme qui s'étoffe – il faut suivre. Si une récente réforme nous dispense des sciences physiques, nous n'échappons pas aux sciences de la vie et de la Terre... Nos bien aimées « sciences nat' » ! Parce que maintenant, on s'exprime un peu différemment : au grand dam de nos parents, on s'approprie un nouveau langage.

Les travaux manuels laissent place aux arts plastiques, et les chansons que l'on apprenait pour le spectacle de fin d'année, à l'enseignement musical. On s'ouvre sur le monde et on apprend une nouvelle langue, généralement l'anglais, en noircissant consciencieusement nos livres d'exercices *Apple Pie*. Les chefs d'équipe s'affirment en cours de « techno » et les sportifs en EPS, tandis que certains se découvrent une passion pour l'Antiquité, qu'elle soit égyptienne, grecque ou romaine. Forts de leurs nouvelles connaissances historiques, beaucoup d'entre nous aspirent ainsi à devenir archéologues.

Dans la cour, il ne reste rien de nos jeux de primaire. Adieu veaux, vaches, cochons, cordes à sauter et billes ! On passe la récré à critiquer la première de la classe, à chuchoter que les quatrièmes et les troisièmes risquent gros à fumer au fond de la cour et à rire de ce qu'on a vu à la télé, en particulier les bêtises de Michael Kael. La génération Y a grandi sous le règne de l'humour noir, et c'est tant mieux.

En 1994, la vérité était ailleurs…

Pendant que nous vivons intensément nos premiers mois de collégiens et regardons les « Minikeums » sur France 3, Michael Jackson se voit accuser de pédophilie, M6 diffuse la première saison de « Docteur Queen, femme médecin » et les concerts géants sous le label « Dance Machine », Snoop Doggy Dogg ainsi que les punks post-ados de Green Day sortent de l'ombre…

Les « totoches » et les Babies

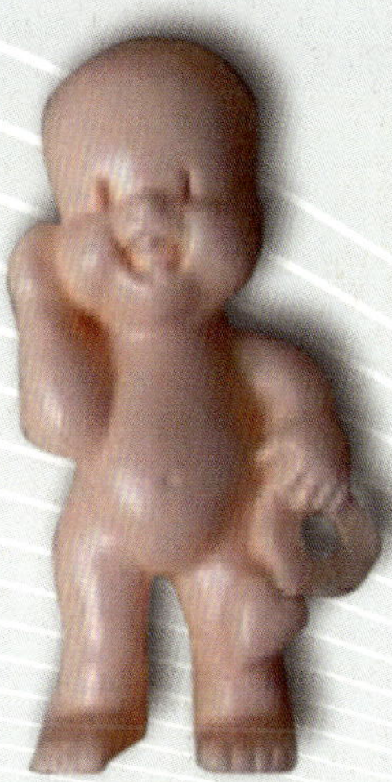

Des bébés de poche.

Autour de 1993, deux objets mythiques font leur entrée dans le cartable des filles : les « totoches » et les Babies. Les premières sont en plastique transparent et se déclinent en plusieurs couleurs et tailles. Le but est d'en collectionner un maximum et de les afficher fièrement en pendentif – collier et bracelet – ou de les accrocher à la fermeture Éclair de sa trousse (Chevignon, si possible). Le must *étant d'en posséder au moins une au format maxi. Bien sûr, elles finissent souvent dans notre bouche, réflexe qui n'arrange pas les boutons de fièvre des unes et des autres…*
Autre manie, celle des Babies. Ces petites figurines en plastique vendues chez tous les bons marchands de journaux représentent des bébés tout mignons (aucun lien avec le dessin animé « Baby Folie »). Assis ou debout, certains sont munis d'un bonnet, d'une couche ou d'un biberon. Ces minipoupons portables se logent facilement dans nos trousses ou nos poches. Ici aussi, l'objectif est d'en posséder un maximum, voire la collection complète… Laquelle est infinie. Au fil du temps, la technologie Babies évoluera : on pourra même faire apparaître ou disparaître leur couche en les passant sous l'eau chaude.

Des morts et des héros

En ce printemps 1994, les auteurs de rubriques nécrologiques ont du pain sur la planche. Le 5 avril, Kurt Cobain, chanteur emblématique du groupe Nirvana et idole d'au moins 1 million d'adolescents en quête de réponses, met fin à ses jours. Ma sœur et ses potes grunge pleurent… Nous ne comprenons pas vraiment pourquoi.

Moins d'un mois après ce triste événement, le 1er mai 1994, le coureur automobile brésilien Ayrton Senna et sa Williams-Renault s'écrasent contre un mur en béton. La tragédie est filmée et retransmise en direct à la télévision. Tout le monde est sous le choc. Gérald de Palmas chante *Sur la route*.

Tandis que le Rwanda fait face à une catastrophe humanitaire, un génocide visant les Tutsis, le festival de Cannes s'emballe pour le retour en grâce de

Kurt Cobain avec femme et enfant.

John Travolta dans le très salué *Pulp Fiction* de Quentin Tarantino. Du haut de nos 12 ans, nous sommes surtout soucieux de notre rentrée en cinquième. Certaines filles arrivent maquillées, certains garçons portent des t-shirts à manches longues sous leur chemise à carreaux à manches courtes.

C'est l'époque où les tables en bois de la salle de perm' s'ornent de prénoms gravés au compas. Les goûters d'anniversaire font place à de véritables fêtes où l'on danse le mia et des slows sur *Wet Wet Wet*. Noël approche, et de nombreux films sortent au cinéma. Nous préférons de loin *L'Étrange Noël de Monsieur Jack* au *Roi Lion*. L'univers gothique de Tim Burton nous fascine : nous nous habillons en noir et rêvons de faire partie de la famille Adams.

Comme on est très perméables aux tendances et aux films américains, deux héros vont changer nos vies : Wayne Campbell et Garth Algar. Après *Wayne's World*, sorti deux ans auparavant, on veut tous monter un groupe de rock ou de potes aussi cools que ceux de Mike Myers.

Bien sûr que je suis grande… Je suis en sixième et je porte des Converse !

Pourtant, à la veille de Noël, ce ne sont pas eux qui font la une des JT, mais une prise d'otages. Quatre Algériens membres du GIA ont pris d'assaut l'Airbus A-300 à l'aéroport Houari Boumédiène d'Alger. La tension monte jusqu'au 26 décembre, lorsque l'avion atterrit à Marseille. Le GIGN intervient, abat les quatre terroristes et met fin au calvaire des otages et de leurs familles.

L'Étrange Noël de monsieur Jack en fascine plus d'un.

Les Fugees en 1996.

Les tubes de nos années collèges

1994

7 Seconds *de Youssou N'Dour & Neneh Cherry*
Streets Of Philadelphia *de Bruce Springsteen*
Mangez-moi ! *de Billy Ze Kick*
Mmm Mmm Mmm Mmm *des Crash Test Dummies*
Girls and Boys *de Blur*
Can You Feel the Love Tonight *d'Elton John*
Come Out and Play *de The Offspring*
Girl You'll Be a Woman Soon *d'Urge Overkill*

1995

Zombie *de The Cranberries*
Simple et Funky *d'Alliance Ethnik*
Alright *de Supergrass*
La Fièvre *de NTM*
Over My Shoulder *de Mike & the Mechanics*
Scream *de Michael Jackson*
Lump *des Presidents of the USA*
Missing *d'Everything but the Girl*
You Gotta Be *de Des'ree*
I Got 5 On it *de Luniz*
Le Brio *de Big Soul*

1996

Freed From Desire *de Gala*
Killing Me Softly *des Fugees*
Wannabe *des Spice Girls*
Lemon Tree *de Fool's Garden*
Soirée Disco *de Boris*
Spaceman *de Babylon Zoo*
Ironic *d'Alanis Morissette*
Virtual Insanity *de Jamiroquai*
Popular *de Nada Surf*
Not An Addict *de K's Choise*
Comme elle vient *de Noir Désir*
Da Funk *de Daft Punk*

1997

Con Te Partiro *d'Andrea Bocelli*
Barbie Girl *d'Aqua*
Savoir aimer *de Florent Pagny*
Don't Cry For Me Argentina *de Madonna*
Un-Break My Heart *de Toni Braxton*
I Believe I Can Fly *de R. Kelly*

À droite toute !

La guerre des pulls.

Malgré les circonstances, Zazie commence l'année 1995 en restant zen et Jeanne Calment fête ses 120 printemps, devenant ainsi la doyenne du monde. Tandis que le groupe britannique Radiohead sort son deuxième album, *The Bends*, nous ne nous sommes toujours pas remis de leur précédent succès, *Creep*.

Dans la cour, il y a aussi ceux qui préfèrent Céline Dion et *Pour que tu m'aimes encore*. Alors qu'on se bat pour savoir qui, de Thom Yorke ou de Jean-Jacques Goldman, est le meilleur auteur-compositeur, les hommes politiques français entrent de plain-pied dans la campagne présidentielle. Édouard Balladur, Jacques Chirac, Lionel Jospin... Qui va succéder à François Mitterrand ?

Le socialiste européen Jacques Delors a préféré renoncer à se porter candidat, laissant toute latitude à Lionel Jospin. Mais à droite, ce n'est pas la même musique. Le Premier ministre Édouard Balladur et le maire de Paris Jacques Chirac s'opposent l'un à l'autre. On entend alors parler d'un quarantenaire très ambitieux, Nicolas Sarkozy, et surtout de sa « traîtrise » envers son mentor Chirac, qu'il a délaissé pour rejoindre Balladur.

Au soir du premier tour, les résultats sont sans appel : 23,2 % pour Jospin, 20,8 % pour Chirac et 18,15 % pour Balladur, lequel demande à ses partisans de se taire. Le 17 mai 1995, après y avoir passé quatorze ans, François Mitterrand quitte solennellement l'Élysée. Jacques Chirac devient président de la République.

Jacques Chirac au soir de son élection à la présidence de la République.

Intenses préparatifs avant une rencontre avec l'autre sexe : tout le monde doit savoir jouer *Jeux interdits* à la guitare.

L'été suivant, Paris est la cible de plusieurs attentats à la bombe : en juillet dans le RER B, en août sur la place de l'Étoile... Ma famille et moi venons justement d'emménager en région parisienne. Bel accueil ! Fin septembre, Khaled Kelkal est abattu près de Lyon par les gendarmes de l'Escadron parachutiste d'intervention de la gendarmerie nationale, une autre bombe explose. Au début de l'automne, Alain Juppé est à peine installé à Matignon que la colère gronde déjà sur tout le territoire. La révolte s'étend, les grèves et les manifestations se succèdent et, dès le mois d'octobre, nombre de nos professeurs sont aux abonnés absents. Nous, on soutient les protestataires : la grève nous dispense des cours de latin, mais malheureusement pas de nos devoirs. Et si la nouvelle marque Club Internet promet un accès au Web à tous les foyers, c'est toujours en puisant dans les livres du CDI et de la bibliothèque que nous préparons nos exposés.

Soyons désinvoltes, n'ayons l'air de rien

L'année 1996 commence avec un deuil national. Le 8 janvier au matin, François Mitterrand s'éteint, et une page de l'histoire de France se tourne. Notre professeur de mathématiques nous fait observer une minute de silence en plein cours... C'est toujours ça de gagné ! Il faut dire que les maths commencent à se corser. En revanche, depuis que nous nous abreuvons de rock britannique et américain, l'anglais prend une autre saveur. *Exit* les cahiers d'exercice, on révise notre vocabulaire grâce au double album des Smashing Pumpkins, *Mellon Collie and the Infinite Sadness*, ou de celui, éponyme, de Garbage.

Les looks s'affirment et les artifices féminins ne se limitent plus au duo fard à paupières / mascara. Certaines filles changent de couleur de cheveux,

Le serre-tête qui gâche tout. Dommage, on y était presque !

certains garçons aiment les porter longs. En bons élèves de quatrième, nous faisons honneur à nos prédécesseurs et quelques-uns d'entre nous fument au fond de la cour. On sait maintenant qu'en réalité, on ne risque pas grand-chose d'autre que de passer pour des durs à cuire.

Pendant qu'on fume, d'autres s'embrassent, mais bien peu d'histoires sont vraiment sérieuses. On garde notre sérieux pour nos révisions : de bonnes notes en quatrième, cela veut dire moins de points à rattraper pour le brevet. Ce n'est peut-être pas le bac, mais nous, on s'y croit quand même un peu.

Sur le câble, Canal Jimmy diffuse « Angela, 15 ans ». Que celles dont le cœur ne s'est jamais emballé devant Jordan Catalano, brillamment interprété par un Jared Leto encore inconnu, lèvent le doigt… Vous êtes bien peu nombreuses ! Pour ma part, je me teins les cheveux en roux sombre pour ressembler à Claire Danes – ou était-ce à Shirley Manson ? Je ne sais plus trop.

C'est pourtant pour une autre série télévisée que la majorité de mes camarades s'emballent. Le quotidien des six amis new-yorkais de « Friends » intéresse visiblement plus que les

Au revoir, monsieur le Président.

atermoiements d'une adolescente de 15 ans. C'est donc en compagnie de Monica, Rachel, Phoebe, Joey, Ross et Chandler que nous entrons en troisième, avec le même sentiment qu'en CM2, celui d'être les plus grands – sauf que désormais, nous avons 14 ans !

Tim Berners-Lee et Robert Cailliau, inventeurs du World Wide Web, posent devant le premier serveur Web.

Internet, la révolution est en marche

Dévoilé par Tim Berners-Lee en 1991, le World Wide Web révolutionne l'Internet. Grâce à ce système hypertexte, la Toile s'ouvre au grand public. En 1992, on ne recense que vingt-six sites. Fin 1993, l'organisation américaine NCSA rend le Web accessible au grand public grâce à son navigateur Mosaic. Les choses s'accélèrent en 1994 avec la création de Yahoo! et le lancement de différents navigateurs comme Netscape et Internet Explorer. Peu après, Nescape Navigator inclut un module de courrier électronique : Netscape Mail. La même année, le standard W3C (pour World Wide Web Consortium) est établi pour assurer la comptabilité des technologies Web. Un an plus tard, Microsoft présente MSN et Amazon.com est lancé.

La Toile compte alors environ 25 000 sites. AltaVista s'impose et devient le moteur de recherche le plus utilisé, devant Lycos. En 1996, le nombre de sites explose, multiplié par 10. Un nouveau service de courrier électronique gratuit naît avec Hotmail. En quelques mois, le cap des 100 000 utilisateurs est dépassé. Caramail, qui deviendra le principal portail Web français, voit le jour en 1997, année durant laquelle le nombre de sites atteint 1 million. D'abord simple Webmail, le site se développe rapidement et propose à ses utilisateurs des chats, des forums, un magazine, mais aussi un système de sauvegarde de documents. Netscape Navigator 4.0 et Internet Explorer 4.0 dominent encore le marché… La bulle est en train d'enfler.

Qui, du pull grunge ou de la coupe *70's*, l'emportera ?

Le brevet en poche

Le single *Don't Speak* de No Doubt passe en boucle pendant tout l'été. De rousse, je passe à blond platine. Et si mes parents manifestent leur mécontentement, ils me laissent quand même m'habiller comme je veux. Ils n'auraient peut-être pas dû...

La mode est aux fripes, aux chemises façon Deschiens et aux pantalons larges à gros carreaux. Ces différents vêtements ne s'associent pas très bien, mais ils nous offrent un bon moyen de nous démarquer.

La rentrée est solennelle. Nos professeurs n'y vont pas par quatre chemins : ce sera le brevet ou rien. Français, histoire et mathématiques, on a plutôt intérêt à travailler toutes les matières. Un prof de soutien en maths est même dépêché. Il est jeune et préfère nous parler musique... Pour nous, il n'y a que ça de vrai ! Le 18 mars 1997, j'assiste avec quelques copines à mon premier concert, celui de No Doubt à l'Olympia. Magique ! Et même si l'on révise pour le brevet, on rêve secrètement de devenir une rock star.

Une fois connues, on aura peut-être la chance de rencontrer Leonardo DiCaprio, qui propose alors au cinéma une interprétation de Roméo plus que convaincante. Sans pitié, les magazines et les pubs nous abreuvent de top models – Kate Moss, Claudia Schiffer, Cindy Crawford... Les filles se posent de plus en plus de questions sur leur physique, les complexes apparaissent. D'autant que c'est encore un mannequin, Mila Jovovich, qui est à l'affiche du *Cinquième Élément*. Certaines filles commencent à parler de « faire attention à ce qu'on mange », tandis que d'autres multiplient les heures de sport. Pendant ce temps-là, les garçons n'ont que faire de leur propre apparence, tout en s'intéressant de plus en plus à celle des « meufs ».

En juin, TF1 enterre le « Club Dorothée ». L'animatrice et ses chroniqueurs attendaient peut-être un peu de compassion de notre part. Sauf qu'on s'en fiche un peu : on renie allègrement notre passé. On vient d'obtenir notre premier vrai diplôme et on ne regarde même plus de dessins animés. Dans deux mois, nous entrerons en seconde, nous serons (enfin) des lycéens... Et ça va être rock'n'roll !

1997-2000

Le paradis des uns, l'enfer des autres

Bien sûr, nous étions persuadés que nos looks s'étaient améliorés... sauf que non !

« Too much » attitude

Le lycée, c'est l'aventure, le grand saut, l'inconnu, les grands sentiments... Bref, c'est le temps de la démesure, du tout ou rien et de l'outrance. Trois ans, ce n'est pas si long et pourtant, ça nous semble une éternité.

Chronologie

21 avril 1997
Jacques Chirac dissout l'Assemblée nationale.

16 juillet 1997
Sortie en France du film *Scream* de Wes Craven.

31 août 1997
Lady Diana et son compagnon Dodi Al-Fayed meurent dans un accident de voiture sous le pont de l'Alma à Paris.

5 septembre 1997
Mort de mère Teresa, à l'âge de 87 ans.

1er décembre 1997
Signature du premier protocole de Kyoto.

28 février 1998
On connaît la chanson d'Alain Resnais reçoit sept récompenses aux Césars.

29 mai 1998
Début de la commercialisation du Viagra en Europe.

8 juillet 1998
Les Bleus sont en finale de la Coupe du monde grâce à Lilian Thuram.

16 décembre 1998
Sortie en France du premier dessin animé réalisé par le studio DreamWorks, *Le Prince d'Égypte*.

1er janvier 1999
L'euro entre en vigueur.

21 mars 1999
Roberto Benigni remporte l'Oscar du meilleur film étranger et celui du meilleur acteur pour *La Vie est belle*.

13 octobre 1999
Adoption du pacs par le Parlement français.

31 décembre 1999
Vladimir Poutine est élu président de Russie.

1er janvier 2000
Les systèmes informatiques ont résisté au passage à l'an 2000.

1er février 2000
En France, la durée hebdomadaire du travail passe à 35 heures.

14 juin 2000
644 128 candidats au baccalauréat planchent sur l'épreuve de philosophie.

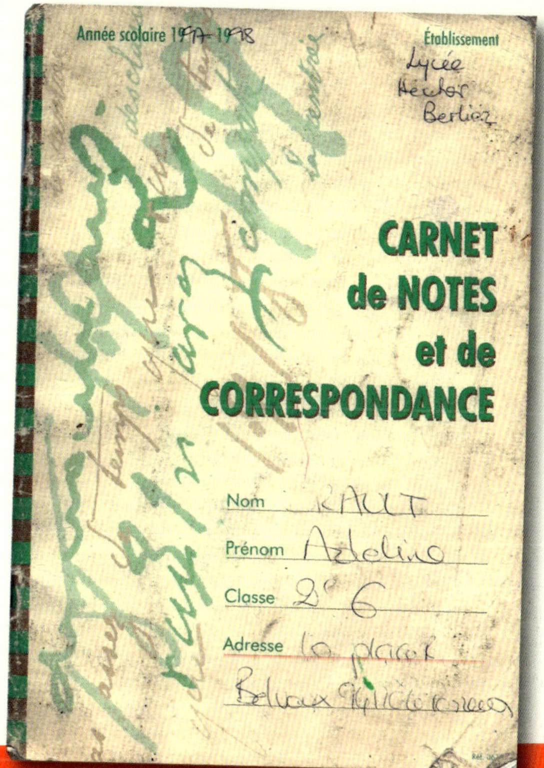

Un carnet de correspondance qui en a vu de belles…

En quittant le collège, nous faisons de nouvelles rencontres : des amitiés naissantes, de vieux amis dont on s'éloigne, c'est aussi ça, grandir. Dès la seconde, on sait si l'on poursuivra en série S, L ou ES et, du coup, on a une légère tendance à privilégier certaines matières par rapport à d'autres… Enfin ça, ce sont les profs qui le disent !

Nos relations avec nos professeurs changent d'ailleurs elles aussi. Si certains gardent leurs distances, d'autres se montrent bien plus amicaux. En cours d'histoire, on polémique, on va parfois jusqu'à nier des faits avérés, mais on a l'impression d'avoir un avis, et c'est déjà pas mal ! On est tous Motivés par Zebda, dont la chanson *Tomber la chemise* deviendra vite l'hymne de toutes nos manifestations.

Parce que la seconde correspond aussi au début de nos divers engagements politiques. On participe à tous les mouvements anti-FN, on brandit fièrement nos pancartes frappées du slogan « Touche pas à mon pote ».

C'est aussi le temps des premières fêtes qui n'en finissent pas, des concerts qui se multiplient et de l'absentéisme injustifié.

En novembre 1997, une soixantaine de touristes sont massacrés en Égypte, à Louxor. L'islamophobie monte, l'indignation des Américains aussi. En décembre, une photo montrant un enfant pakistanais confectionnant un ballon met le géant Nike dans la tourmente. Les délocalisations opérées par des grandes entreprises dans les pays du Tiers Monde indignent de plus en plus. *The Big One* de Michael Moore devient une référence.

Les Robins des Bois

Formée en 1996, initialement sous le nom « The Royal Imperial Green Rabbit Company », la troupe des Robins des Bois officie sur la chaîne Comédie! puis sur Canal+ de 1997 à 2000. Les six membres qui la composent, Jean-Paul Rouve, Marina Foïs, Pierre-François Martin-Laval (Pef), Maurice Barthélémy, Élise Larnicol et Pascal Vincent se sont rencontrés à la fin des années 1990, époque à laquelle ils suivent tous les cours de théâtre d'Isabelle Nanty.

En 1996, alors qu'ils jouent la pièce Robin des Bois d'à peu près Alexandre Dumas *(mise en scène par Pef), Dominique Farrugia les repère et décide de les produire au théâtre de la Gaîté-Montparnasse ainsi qu'au Splendid. Il leur propose ensuite de participer à « La Grosse Émission » (Comédie !). Certains personnages y apparaissent de manière récurrente : Sophie Pétoncule (Marina Foïs), Dédé et Marcel (Maurice Barthélémy et Jean-Paul Rouve) de Radio Bière Foot, Houdin le magicien (Maurice Barthélémy) ; mais aussi Pef le cascadeur, maître Marcadet et le commissaire Van Loc, tous trois magistralement interprétés par Pierre-François Martin-Laval.*

Face au succès remporté par les Robins des Bois sur Comédie!, Canal+ les débauche en 1999 et les accueille dans l'émission « Nulle part ailleurs », alors présentée par Alexandre Devoise. À partir de 2000, leurs sketchs laissent place à « L'Instant norvégien », diffusé chaque soir de la semaine dans « NPA », et à la série « La Cape et l'Épée », diffusée le samedi à 20 h 45.

Boîtier collector des Smashing Pumpkins…
On est fan ou on ne l'est pas !

Des styles et des beautés

En janvier 1998, Céline Dion chante *My Heart Will Go On*, le *Titanic* de James Cameron devient un phénomène et la DiCapriomania s'étend… Du coup, nous, on le trouve moins sexy : ça fait ringard. Et comme un pied de nez à la très romantique histoire de Rose et Jack, un scandale sexuel secoue les États-Unis. Leur si respecté Président, Bill Clinton, aurait commis l'impardonnable avec une certaine Monica Lewinsky. Le couple adultère fait la une des JT et des tabloïds. Bien sûr, on trouve ça drôle et on se met à chercher la Monica Lewinsky du lycée.

Dans la cour, on recense plusieurs styles. Les métalleux (cheveux longs, manteau long, sac à dos déchiqueté portant l'inscription « Metallica » dessiné au Tipp-Ex), les hippies (cheveux longs, manteau long, sac US en bandoulière avec un symbole « Peace and Love » dessiné au Tipp-Ex), mais aussi les skaters et les fils à papa… Peu de

Il est pas beau,
notre préau ?

« Mais qu'ils coulent donc, et qu'on n'en parle plus », supplient les snobs que nous devenons.

différences séparent ces deux dernières catégories, les premiers portant simplement un pantalon un peu plus large que les seconds.

Et surtout, les élèves se divisent en deux catégories : ceux qui viennent à pied ou en transport en commun et ceux qui possèdent un scooter… Étrangement, beaucoup de skaters viennent en scooter.

Et puis, il y a aussi la drague et les histoires de cœur, les brouilles entre amis rivaux... Il faut dire que nous n'avons pas l'embarras du choix : ce sont souvent les mêmes qui font l'objet de toutes les convoitises.

Et bien sûr, il y a la plus belle fille du lycée. Elle est en première et, tel un ange, elle plane au-dessus de la mêlée. Rien ne semble l'atteindre. Elle est insaisissable. Elle a son équivalent masculin, il est aussi en première et déjà pris par une seconde… Très en avance.

Dès le printemps, on cumule les heures de colle pour retards répétés et insolence manifeste et manifestée. Et tandis que nous scandons « Allègre, si tu savais, tes réformes, tes réformes / Allègre, si tu savais, tes réformes où on s'les met ! », Air chante *Sexy Boy*.

Blur vs *Oasis*

Même ceux qui n'écoutaient pas de rock se souviennent certainement de la bataille que se sont livrée les groupes britanniques Blur et Oasis. Tels les Beatles et les Rolling Stones, les deux maîtres incontestés de la britpop des années 1990 se disputent âprement la première place du hit-parade anglais à partir de 1994, date à laquelle les frères Gallagher (Oasis) chipent la vedette à Damon Albarn (Blur) grâce à leur single Live Forever. *Il faut dire que tout les oppose.*
Blur est fondé en 1989 par Damon Albarn, Graham Coxon, Alex James et Dave Rowntree, quatre ados londoniens issus de la middle class *et supporters de l'équipe de football de Chelsea. Grâce au titre* Girls & Boys, *le groupe est déjà bien installé lorsque Oasis débarque.*

Créé en 1991 autour de Liam Gallagher, Paul « Bonehead » Arthurs, Paul « Guigsy » McGuigan, Tony McCarroll et, plus tard, Noel Gallagher, Oasis revendique son appartenance à la working class *et son soutien indéfectible au club de foot de Manchester.*
Pendant plus de cinq ans, la rivalité d'Oasis et de Blur fait le bonheur des médias et joue un rôle incontestable dans la popularité de chacun. Les frères Gallagher auront su pimenter les débats par des déclarations fracassantes et des débordements verbaux légendaires.
Évidemment, la guerre se prolonge dans la cour du lycée, où les pro-Blur et les pro-Oasis ne peuvent décemment pas s'entendre.

Et toi ? T'es plutôt Blur ou Oasis ?

Footix, la star de 1998.

Sweet sixteen

Au cours de l'été, la France est sacrée championne du monde de football. Lilian Thuram, Fabien Barthez et Zinedine Zidane symbolisent la victoire de l'union « black, blanc, beur ». *I will survive* remplace un temps *La Marseillaise*. Nous avons 16 ans et nous sommes un peu trop fans de Liv Tyler, de Ben Afflek et d'Aerosmith, surtout quand ces derniers chantent *I Don't Wanna Miss a Thing*, la bande originale du film *Armageddon*.

Des bancs, toujours des bancs...

Du temps où nous étions champions.

Au lycée, on arrive avec une seule idée en tête : le bac de français. Et en français, les choses ont enfin changé. *Exit* les cours de grammaire, bienvenue aux « Lettres ». C'est pas trop tôt ! Boris Vian est évidemment notre idole et on chante en chœur « Fais moi mal, / Johnny Johnny Johnny ! » Et, tels des philosophes révolutionnaires ou des poètes romantiques, nous préférons sécher les cours pour nous retrouver au café d'à côté, où nous échangeons librement nos idées et surtout, fumons comme des pompiers.

Peu d'entre nous possèdent un téléphone portable : quand on s'appelle, il faut souvent passer par la case « parents ». « Bonjour madame, c'est Adeline, pourrais-je parler à Alexandra s'il vous plaît ? » Quant à Internet, si Google vient d'être lancé, le Web ne s'est pas encore généralisé. Pour les exposés et autres dissertations, c'est encore dans des livres que ça se passe ; et pas de Facebook ni de MSN pour se retrouver. Il nous faut s'appeler ou se voir pour pouvoir discuter.

Les comptes se règlent donc en direct, et les ruptures aussi. Mais les premiers chagrins d'amour et autres désillusions passent mieux avec le soutien des copains et copines, et avec *Ton invitation* de Louise Attaque.

Le Monde de monsieur Fred

« LMDMF » (prononcer « Elle aime des meufs »), ou « Le Monde de monsieur Fred », débarque sur Ouï FM en septembre 1998. Diffusée en direct tous les soirs de la semaine de 23 heures à minuit, l'émission est divinement orchestrée par un Frédéric Martin – le fils de Danièle Évenou et de Jacques Martin – protéiforme et un brun schizo. Il est entouré de personnages hauts en couleurs comme l'inénarrable docteur Helmut Perchut, un douteux gynécologue originaire du Tyrol, dénommé dans une première version « Helmut Moutte » et interprété par Daniel Morin ; mais aussi monsieur Meuble (Maxime Natali) et Léon-Tom Cruise (Jean-Mathieu Pernin). Outre son propre rôle, celui de monsieur Fred, Frédéric Martin incarne Niluje, son fils adoptif trouvé au zoo de Vincennes, et Marguerite, « la chaussette qui pue qui parle ». Latex, le prétendu réalisateur de LMDMF, s'exprime presque exclusivement par onomatopées.

À la fois vulgaire et poétique, l'émission s'appuie sur un humour franchement décalé. Elle débute avec la musique des « Envahisseurs », et vire généralement très vite au grand n'importe quoi, au rythme des « Bordel de Scheisse ! » et des « Ta gueule Niluje ! » du docteur Perchut. Les personnages évoluent dans la forêt magique de Ouï FM, où chaque arbre abrite un bar… L'émission devient culte au bout d'un an, puis s'arrête en 2003, après son 761e épisode.

Les millionnaires de demain

Le 1er janvier 1999, l'euro devient la devise officielle de l'Union européenne. Dans deux ans, il faudra dire au revoir à nos francs. En attendant, on voit notre pécule augmenter grâce à des petits boulots. Les filles s'en sortent bien mieux que les garçons, surtout grâce au baby-sitting. Du coup, on s'éclipse de la cantine, direction le traiteur chinois ou le vendeur de paninis. Mais attention, il ne s'agit pas non plus de tomber dans l'excès et de ne plus mettre un pied à la cantine, sous peine de manquer les derniers ragots, les chutes mémorables et les embrouilles. Et pour peu que celui ou celle pour qui on en pince y soit, on y va dans l'espoir de surprendre un regard, ou dans la crainte d'avoir à maudire le voisin ou la voisine de table de notre bien-aimé(e). « Depuis quand ils sortent ensemble, ceux-là ? » Et on s'imagine rejouer la scène de la récente fusillade du lycée Columbine de Littleton (Colorado)…

Le monde continue pourtant de tourner et Free, un nouveau fournisseur d'accès à Internet, voit le jour. Tandis qu'une multitude de start-up émergent, certains d'entre nous sont persuadés de pouvoir bientôt gagner beaucoup d'argent grâce au Web. N'aurons-nous donc pas besoin de travailler

Docs ou baskets, l'amitié ne regarde pas les chaussures…

… ni les coiffures.

durement pour y arriver ? On l'espère, car pour l'heure, on ne pense qu'à une chose : s'amuser.

Mais l'été approche et avec lui, les épreuves du bac de français. Le dernier trimestre est donc consacré aux révisions… Autant que faire se peut. Les absentéistes chevronnés se font plus présents, les grands angoissés transmettent leur stress, les confiants ne manquent de le faire savoir et les insouciants ne changent pas d'un poil. Quoi qu'il advienne, avec ou sans bonnes notes, on passera en terminale. À un an de notre majorité, on se sent pousser des ailes, et nos chevilles ne manquent pas d'enfler.

Rentrée terminale

Durant l'été, Lance Armstrong remporte le Tour de France et devient la nouvelle star de la pédale. Jennifer Lopez se déhanche dans son clip *If You Had My Love* et devient un sex-symbol en moins de deux. Anthony Kiedis, le chanteur des Red Hot Chili Peppers, nous revient avec des cheveux courts et blonds et un tout nouvel album, *Californication*.

Le 7e art se porte, lui aussi, très bien. Brad Pitt et David Fincher se réunissent de nouveau dans *Fight Club* et George Lucas nous gratifie d'une genèse trilogique antérieure aux épisodes déjà connus de *Star Wars*, dont le premier volet, *La Menace fantôme*, sort dans les salles françaises le 13 octobre. On y retrouve une Natalie Portman éblouissante dans le rôle de Padmé Amidala.

Elle n'en reste pas moins « Jenny from the blocks ».

Sept ans après *Léon*, elle acquiert un statut de star internationale. Elle n'a qu'un an de plus que nous et son avenir est déjà joliment tracé.

Le nôtre, en revanche, l'est un peu moins. Nous sauvons les apparences, mais nous avons conscience que le bac ne nous aidera pas beaucoup : il nous ouvrira certes de nouvelles portes, mais bien des étapes restent à franchir.

Le sceau des révisions du bac blanc marque nos vacances de Noël. Nous sommes en pleine agitation et, comme pour donner corps à nos sentiments, deux véritables tempêtes – nommées « Lothar » et « Martin » – soufflent sur la France, entre le 27 et le 28 décembre. 80 personnes sont tuées, quelque 200 pylônes électriques sont renversés et près de 140 millions de mètres cubes de bois sont détruits.

La veille de l'an 2000 est apocalyptique. On se demande si le célèbre « bug » aura bien lieu. Les spéculations sur la dernière année du XXe siècle vont bon train, d'aucuns craignant que le monde ne s'arrête avec le siècle… Pour nous, ça veut surtout dire : 18 ans !

Devenir majeur en l'an 2000

À l'aube du nouveau millénaire, la planète s'emballe. Les courbes boursières atteignent des records, la bulle Internet est à son comble, les systèmes informatiques ont franchi le cap sans encombre… Et il semblerait même que la justice internationale ait une certaine efficacité : le général croate Tihomir Blaskic est condamné à quarante-cinq ans de prison pour crimes contre l'humanité par le Tribunal pénal international. L'Église catholique romaine célèbre son grand jubilé de l'an 2000 – une année sainte. Elle en profite pour se repentir et demander pardon pour ses erreurs passées. En France, la durée légale de travail passe à 35 heures hebdomadaires, les « RTT » sont instaurées.

Qui se rappelle que Paul Cézanne ornait les billets de 100 francs ?

Tout semble donc aller pour le mieux. Sauf pour nous. La pression monte et, comme si le stress présent ne suffisait pas, on doit se décider pour le futur : que deviendrons-nous l'année prochaine ? Telle est la (seule et unique) question. Nous faisons nos choix « Ravel » depuis nos bons vieux Minitel. Fac, BTS, prépa ou école de commerce, certains sont plus fixés que d'autres sur leur avenir professionnel. Et alors que nous devrions garder le nez dans nos « Profils » et conserver tous nos neurones pour nos examens, nous avons un tas de majorités à fêter. Ces soirées, souvent très arrosées, sont l'occasion de grandes déclarations d'amitié : « Vous allez tellement me manquer, mais ça ne changera rien. Promis, juré, on restera amis ! »